图书在版编目（CIP）数据

到处都是轰鸣 / 刘九流著. –– 南昌：百花洲文艺出版社, 2021.6
（2023.10重印）
ISBN 978-7-5500-4199-8

I . ①到… II . ①刘… III . ①诗集 – 中国 – 当代IV . ①I227

中国版本图书馆CIP数据核字（2021）第037684号

到处都是轰鸣

刘九流　著

选题策划	胡青松
责任编辑	余丽丽
书籍设计	方　方
封面插画	李路平
制　作	何　丹
出版发行	百花洲文艺出版社
社　址	南昌市红谷滩区世贸路898号博能中心一期A座20楼
邮　编	330038
经　销	全国新华书店
印　刷	江西省和平印务有限公司
开　本	889mm×1230mm 1/32　印张 6.25
版　次	2021年6月第1版
印　次	2021年6月第1次印刷
	2023年10月第4次印刷
字　数	26千字
书　号	ISBN 978-7-5500-4199-8
定　价	38.00元

赣版权登字　05-2021-129
版权所有，盗版必究

邮购联系　0791-86895108
网　址　http://www.bhzwy.com
图书若有印装错误，影响阅读，可向承印厂联系调换。

前面的话

培养江西文学后备力量，让江西文学队伍呈现良好的梯次结构，从来就是江西作协的工作重点之一。

2020年开始，这一工作有了一个具体的名称："青苗哺育"工程。

编辑出版"江西8090·重点作品创作扶持项目"丛书，是组织实施这一工程的重要举措之一。

我们这一工作的目标，是出版一套1985年1月1日以后出生的、已经取得了一定创作成绩、有了初步创作风格的青年文学作者作品丛书，以此检阅和展示他们的创作成绩，打造一支属于江西的文学梦之队。

今年8月初，我们向全省公开征集书稿。征集工作得到了许多青年作者的响应。有十四位江西青年作者参加了应征。

我们组织了文学评论家、知名作家、诗人进行评审。李杏霖的小说集《少年走过蓝木街》，欧阳国的散文集《身体里的石头》，丁薇诗集《波澜后的涟漪》、刘九流诗集《到处都是轰鸣》、林长芯诗集《流水和白马》成功入选。

这五位作者，都十分年轻，他们最大的出生于1986年，最小的出生于1997年，才23岁。

这五位作者，已经有了一定的创作成绩：他们有的在重要文学期刊发表过组诗、散文和小说作品，有的参加新概念作文大赛等征文活动获奖。

他们的作品集，已经呈现了很好的潜质，比如从李杏霖的小说中，可以看出她已经有了很好的文本意识和语言的驾驭能力；刘九流有相当明确的主题意识；林长芯的诗歌，显示了他与世界已经建立了良好的交流通道，并努力谋求传统和现代在诗歌中的和解；丁薇的写作，努力拓展个人的精神边界，已经有了较为明晰的美学风格；欧阳国的散文，充满了对故土的深情凝视和对亲情的惦念，显得无比疼痛与哀伤。

毫无疑问，他们还有很多不成熟之处，但我们从他们的作品中看到了他们的追求，他们的潜质。这追求和潜质让我们欣喜和期待——

期待他们能拥抱更辽阔的生活旷野，树立更大的文学雄心，冶炼更加纯粹的文学技艺，抵达更高的文学境界。

期待他们乃至更多的江西青年作者，这依然柔嫩的青苗们，能早日长成江西文坛乃至中国文坛的高大乔木。

江西省作家协会

2020年11月

从一颗兵心出发（自序）

历史的长河是由无数个瞬间组成。每个瞬间都是精彩的，值得歌颂的。人的一生也是如此，平凡而无限精彩。只是我们缺少一双慧眼而已。个人融入到大时代中，每个人都是一股奔涌向前的洪流。

从我的家乡说起吧。我出生于江西于都，长征出发地，八十多年前，中央红军从这里出发，开启万里长征第一步。小小的县城，承载着历史重任。2003年我离开家乡，来到冀北平原的一座军营，开始我的军旅生涯。部队生活充实紧张，在紧张训练之余，也没有别的爱好，唯有书相伴左右。那个时候看书，只是充实自己的生活而已。写，也不叫写作，完全是在记录生活，情绪化书写，像日记一样，可长可短，记录着自己的成长经历与喜怒哀乐。也因为时间问题，有些是在背窝里打着手电偷偷完成的。有一晚，这个"地下场"被查铺查哨的指导员发现，挨了一顿批评之后，允许我到会议室去加班看书。从那以后，经常到会议室学习。有时也会在训练间隙，掏出纸笔，写上灵光顿现的句子。有一次，这个举动被眼尖的新兵连连长看到了，被叫去谈话，他以为是写投诉意见，后来才知是误会一场。在他们看来，这些漂亮的句子，像诗一样，就这样在新兵连传开了。后来整个新兵营都知道，咱们有一个会写诗的新兵。就这样误打误撞进来了，这次广而告之的效果，直接导致的就是让我不得不硬着头皮往前走。从那以后，只要有出板报、战地广播、影评之类的文化活动，都会有我的身影。

刚开始写诗时，摸着石头过河。没有老师指点，跌跌撞撞一直坚持到现在，唯有看书读报剪报摘抄，成了我的一大喜好。写的一些东西，不叫作品，谈不上发表。在第二年时，当我的一首几行的短诗，印在战地小报上，全连官兵对我刮目相看，更激发了我把诗歌写下去的执着。诗歌是最好的休息，永远都不累。当我越深入了解诗歌时，才知诗歌的力量多么强大。特别是在2008年汶川地震后，这种感受尤为深刻，短短数行，就把那些想说的又不知道怎么说的话，说出来了，这就是诗歌魅力所在。那年我的一首小诗《五月》发在《北京晚报》上，让我兴奋不已。有些心境，是说不出来，诗歌可以做到；有些情怀，词语抵达不了的，诗歌可以。好的诗歌，读完之后，意犹未尽，直抵内心，那叫一个过瘾痛快。真正的诗歌大抵是这样。好的诗歌，应该是历史在场记录者，引发社会共鸣，承担更多社会责任。强国强军是现代历史的一个伟大进程，是时代的召唤，而强军是我们军人的职责所系。我以为，强军征程，诗歌不能缺席，要在场。

我的诗歌绝大多数是以部队题材进行创作，都是取自我的生活场景，我所经历的，所见所感所思所想，在我笔下汇成一句句诗。当我在阅兵场上，我写下"与烈日对峙，一个人/不断掏出自己，炙烤信仰/粗汗从眉毛处滑到眼里/一滴有盐的泪，在控诉/一只小虫在鼻梁处登高/痒，图钉般摁进心——《阅兵训练》"，当我看到扫雷英雄杜富国的英雄事迹后，我写下"用陡峭的心来攀爬/用仰望的姿势，看风和日丽——《以麻栗坡的名义记住英雄》"，以诗歌记录点滴，以诗歌记录英雄。点滴成河，记录历史，记录感动。

强军征程上，每个人都是战士，都是建设者，从一颗兵心出发，抵达诗与远方。以兵之视角，用诗歌载体，写下强军征程上的每一个瞬间。强军目标是我们这代官兵为之奋斗的梦，诗歌就是要记录强军征途上的精彩瞬间。每一瞬都是永恒，串联起来就是历史，诗歌就是强军历史的见证者。这些年，诗歌已成为我生活的精神支柱。

愿我的笔能继续书写强军征程上的每一个精彩故事。

愿我的笔能继续为战友们训练加油鼓劲。足矣。

此为序。

刘九流

2020年11月5日

目录

目 |

录

第二辑 | 战车泊在车场

目｜
录

第三辑｜每一颗炮弹都有一个战士的身影

目 | 录

第四辑 | 所有的辙印都有来路

目
录

第一辑

军人好样子

灵魂在上

我怀疑一切灵魂都是形而上物质

现在威严裂开缝隙，大门敞开

宽可通车，可屯集十万铁甲

持枪立出自我，信仰已过头顶

居于左心房，安放哨兵

稍向上的视角，直接窥视万物秘密一种

汗与苦累都是灵魂的意象

结实身体与行为的砖块，需要重铸

举止皆哲学，令行有魂魄

作为政治的必须

所有的灵魂

挺起身板期待子弹射穿头颅

人仰马翻

——我就是我引而待发的枪

——我就是我苦苦追寻的灵魂

本事记

原名书生，他却用笔名从容写下军人

写下诗志：选择练习舞枪弄炮

练习成长步法

捧读《孙子兵法》，把日常过成

枕戈待旦。更狠的苦累

汗水藏匿河道，日夜偷渡

有人说呱呱叫的兵需要传承的魂魄

有人说尖刀中的尖刀需要砥砺的锋芒

于是总在五公里越野中提炼意志

于是总在演习对抗中提炼销烟

战车轰鸣，一次次碾过原野

把黄昏锻打成证章，太阳只是溅起的火星

提起风雨，装入身体

月夜吞吐背影

青春重铸：以汗为梯，以每天为弦

画出军事科目、体能的精兵之像

弹头还在冒烟。双手
敲击键盘，左眼眯起
恶狠狠地把战争钉在
十环的胸环靶上，千里之外
一步也不敢靠近

血性记

这是我的一贯脾气

青筋暴突，血脉偾张

一如我走队列的口号，训练场的喊杀声

血液倒竖，提起嗓子

足以把世界震聋

一吼千山。从吼开始

像原子一样，把自己裂变无数

又释放能量无数

把怯重重放下

响声，发出身体，扶起意念

用胆和勇作为血液的偏旁

纠正了一座天空的暮霭和无血色

这顿挫的字词，爆发于语气之喉

需要雷鸣和闪电，需要发哮的钢铁

需要一个激浪崩堤，打翻海水

它现在正在激怒一个青年

沾血的词，像刀子，一下一下去捅

赤裸的青春，让他变成一只小老虎，嗷嗷叫的老虎

在这里，每一个人

都在反复抽出身体里的血液

练习骁勇

抽出身体里的骨头

撑住军人笔画里的那重重一竖

又或者，抽出名字里的所有的竖，作为脊，作为梁

打造坚硬的壁垒，使战争为之胆战

品德记

与浮世对峙。所有的喧嚣

都退守到内心；都退守到那最后一道防线——

人无德不立。院墙森严，底线分明

像大门口醒目的拒马，一步不可逾越

唯言行来回刺探军情，然后端坐于

我的一首小诗，洽谈防务

你不越我的线，我不跨你的界，相安无事

举目远望，到处都在沦陷、失守

军人就是军人的国土

唯一的净土，被质疑围攻……

军人是无上荣光的。坚守壁野壁立千仞

明心见性；万亩森林的林木

有直刺云天之势

世俗纷呈，把魂安放于内心，隐于野隐于市

修养习惯与契约

再把习惯具体成一日生活

再把契约阐释成一次内心小小悸动

军人的荣光在于厚积薄发……

一瞬便有永恒之光，脱胎换骨的人生

从容走向磨难，一点点

洗净身上的戾气，欲望和浮

静修其分：不卑不亢，义礼忠勇……

生活于此的人是荣光的

"生当作人杰，死亦为鬼雄"。一首诗

见证了英雄始末。我们生来就是你的荣耀、标杆或者倒影

敢于将生命置换爱和信仰

我不得不倾其所有，追随于你，或者成为你

让仰望一点点踮起高度——

拉练：长征新解

今天的徒步行走，无论怎样

都不敢轻易与长征相提并论

没有枪声炮火饥饿

没有围追堵截雪山草地

一路上，我们不断假设，危机四伏

我们试图用脚板、肩膀和智慧解围

可这些，远远不够我们所需

藏于长征的秘密

拉练：长于一日

此刻，秒针下沉

陷于薄阳残景

如同我疲惫般的脚步，呈递增之势

越来越重的背囊和枪

大于一日，小于歌谣

约等于信仰，在一座高地

你我相互激励，攀爬……

拉练：脚步朝下

更多的脚步，在一条路上绝尘而去

不知疲倦的歌声，走了一村又一庄，引路人无数

平整的柏油大道，鸡鸣的村俗

粪臭的乡野，转弯抹角的农舍

厚厚的茧是一座山峰，不被人看见

我在我之外，鹅卵石是足道，鼓励着……

坚硬的冷挟持暖阳已过千山

拉练：在荒草坡下宿营

在荒草坡下宿营

一切就便。冬月，北风

不远处新筑的坟堆

高深的夜，虫鸣屏住了喘息

大地侧转身子

动静泛起。干枯的芒草是此刻的睡垫，枕枪入眠

换班的哨，抱着冷，来回踱步取暖

一会儿踱回故乡，一会儿静听可疑

融为夜色的帐篷，九个人挤成的火

死死抵住巨大的冷

像一座围困的城池绝地反击

拉练：我所经过的村庄

我所经过的村庄

跟我籍贯里的村庄没什么两样

我所经过的村庄

跟我籍贯里的村庄确实不一样

低矮的平房，毫不装饰的屋檐

犬吠飞出孤独的院落，方言肆无忌惮

稍不留神便踩痛了故乡

我所见到的乡亲，朴实的面孔，眼神温存

总能在记忆里找到相似的背影

他们总是想方设法守住一座村庄的尊严

或者存在，像白杨一样把根扎深，再扎深

他们一样把春夏秋冬过成生活

把生活过成生存，过成不冷不散的烟火

没有颜色的村庄，每天都在上演着乡愁

即便是微小的情节，牵动的都是我一生的债

拉练：奔袭

连日来的疲惫，现在我要用疲惫洗净身心

连日来的苦累，现在我要用苦累远征思想

现在唯有咬牙，流汗，石头质地般的硬度

才能打造一把随时冲锋的枪

现在，就让身体的沉，步步堕落，摇晃成沉重

从意志里源源不断掏出体力

从羞辱里歇斯底里掏出体力

这样，才能将与我对抗多日的身子

统统掏出体外，一泻千里

麦地、村落和公路亡命而去

远处的据点，最后的据点

一点点被喘息蚕食掉

一点点化为无懈可击的脚步

胜利是胜利者的歌谣

拉练：冬天的火

围炉而炊

此刻，冷是一个胸形环靶

密集的子弹，比如炊香，火焰，友谊

嗖嗖地飞出，不停地击中靶心

冷退缩成哈气，或者冰冷的字眼，

一点点从身体里挤出季节

冬天之外，一个繁茂的季节正葳蕤成林

更多的火，来自胸腔和大地

每个人都是一堆干柴，发誓

要把整个青春吞噬

拖着疲惫的身躯，在冷暖自如中，走进走出

这些，都是我暗藏多年的火

至今仍未点燃一支烟

拉练：途中偶感

乡野的路，多么像我的人生倒影

到达目的地，终其一生都在抉择

更多的时候，比如现在

一条必经之路，正经过我

我在上面，踩下脚印，深一脚，浅一脚

走出路外，视野望不尽开阔

殊不知来龙与去脉只隔几道弯几坡角

这些秃顶之树，开在道路两旁

一棵棵如同深谙世俗的算命先生

其中一棵肯定掐指了我的失魂落魄

成群的麻鹊低低地飞过头顶，时而盘旋

有那么一只曾与我对视过，使我

两腮发红，左眼开始跳动

穿过村巷，好奇的眼神打过来

一些像亲情，总有什么东西卡在咽喉

另一些像是自己，怀念而振奋

天空轰鸣

最近几天，总有轰鸣看着我们

在梦的边境线，在立命安身处

轰鸣看见了不祥，也看见了夏日蝉鸣

蛊惑时光

轰鸣在天上

像一团黑墨，肆意渲染

它占领了整座天空

以俯临之势罩住了万物

和风吹草动。天空之下，所有的草民

皆做了难民。轰鸣巨大，如雷贯耳

仿佛密集的子弹在大扫荡

嘘！别出声，真怕

那声大的轰鸣，不长眼，掉下来

帐篷记

斜雨淋湿视野

荒废的空地上

蘑菇样长着几朵帐篷

栅栏围出村界，更名为村

——与村庄共处

他们吮吸更强烈的紫外线，雨水

朝露和晚月，还有不厌其烦的蝉鸣

一二一，步子之上

协力扛着一首歌，如圆木

汗渍的背影

尽力站成草木样风景

一顶顶帐篷，去日苦多

他们时刻准备

交出体内的胸腔

忧心家国

通往阵地的路

2.8公里。从营区到阵地

这是激光测出的直线距离

现在要用步子拐弯抹角去度量

每天每天往返四次，像必做的功课

通往阵地的路

需经过一座铁塔

从这里出征，也从这里凯旋

仿佛仪式

这些年，我一直羞于谈兵论剑

羞于说出种种隐忧

"训练为了打赢"，一针

见血。我看到许多战斗

在路上延伸

更多的苦累，从战炮里

说出战争

左脚血性，右脚炮声

每一步都有硝烟

每一步都是进行曲的前奏

教导大队的黄昏

教导大队的黄昏

我们并没有谈论军事

也没有攀登狼牙山

我们坐在一起，没有身份

坦诚交心，切磋故事

更多的渴望，埋在五天的昼夜里

我们的视野，已转换人称

故事也是一种战事

比武

五公里越野。空气里充斥着硝烟

由始及终的脚步，平分汗珠与苦累

当所有的喘息变成咬牙

当所有的坚持爆发怒吼咆哮

我们的思维仍不放过数字

秒表计较得失，一锤定音

血性之土：一朵战地黄花兀自怒放

到处都是轰鸣

每一个轰鸣暴露了藏身之处

每一个轰鸣都是战车的怒吼

汗，渗出轰鸣

滚烫的甲板，盖不住轰鸣

这里，轰鸣据空为王

天空是一口如蚁的热锅

轰鸣苦苦撑着——

加足马力的轰鸣，像光

被谁之手拧亮了一下，刺眼

有那么一刻，轰鸣

戛然而止，让阳光

暗了些许

抖不落的轰鸣——

更像这静，这顿悟

可以回响时空

野营村写意

风吹出哨音和五点

像冲锋号，每天都有一座高地

大门坐东朝西，有着兵分两路的思维

帐篷在举行阅兵，拉绳像手势

摆在同一高度，六九五十四顶帐篷一列列

向国旗看齐，帐篷住着温差，冷与热每天上演着拉锯战

卷起尘土，像蘑菇云，尘焰炝人

蓝天和白云在天上拔河，成对峙状时

一杆旗呼啦啦发出总攻

每一条沙石路布满沧桑的诗意

每一个诗句嵌满我孤独的夜晚

战机轰鸣

草原上空的战机，低低地盘旋着

一个跃升，一个俯冲

像一只只风筝，一条隐形之线

将他们集结，和天空争夺蓝

从画里飞出来的战机

轰鸣是画外音，风掩藏不住

草使劲点头，不走漏风声

这些战机，都是八一的笔画或者偏旁

铺开天空，一笔一画地写

工工整整地写下出生日期

像悬于纸上的笔

写下仰望

写下战机的履历和航向

写下一个日子的留白

每一声轰鸣都是一滴墨水
每一声轰鸣都能提炼出八一的枪声

战机飞掠帐篷上空

天，蓝于扉页，草，长于塬上

我用苍茫命名心情

这些蓝色纸笺上的战机

怎么飞，也飞不出苍茫

他们在搬运白云，一点点挪开

居然让出一大片蔚蓝

俯视下来的轰鸣，像飓风

掀起尘沙和狂啸

整个草原在颤抖，隐现虚无的空

像滴下的几滴墨

潦草的视野，帐篷打盹，回不去

一个战士内心里的故乡

战机飞掠帐篷上空，像经过故乡一样

层层递高的海拔，经仰望

到达一首诗。每一个有魂的生命

在这里互证

盘旋

在帐篷上空，这么大的

一只蜻蜓，找不到水可点，划着圈儿

逡巡大地，一圈

又一圈，天空不断擦拭它的胸膛和威武

许多人抬头，许多人的仰望

抬高了天空，同时也抬高了一架战机的视野

攀登的天梯，就悬于疾劲的风声中

蓝天白云处，雷霆般的轰鸣

正在铺展阳光。只有战机像苍鹰一样

盘旋着，盘旋着

万物保持风吹草动，十足的安全感

枪，或者勒下的痛

保持斜挂姿势。一支枪

紧紧勒住下午的时光。落日

迟迟不敢西沉。看着痛，从时间里

一点一点剜出来

怀抱一支枪，这不是幻想

是此刻最真实的梦景

枪如骨头，长在

另一骨头之上：脱胎换骨

傲然挺立……此时，除了挺，没有其他

机枪，已安放在战车上

战车泊在下午的引道上。阳光
于轰鸣中找到视角，布防狙击手位置

各就各位。一把机枪，惊醒了战车
惊醒了安放在战位上的兵龄

以一根手指的姿势
指住了靶山

或者，指住了更远的天空
像战车里的指令

其实，更远的天空，暗藏乌云
一根微弯的食指，引而待发——

一支枪的分解与结合

整整一下午，他都在令枪解散集合

像集合他的战士一样，一遍又一遍

仿佛在拆解我们的生活，拆出星火，血液和骨骼

枪等于生命，也等于祖国

他反复求证，像做一道几何题

标尺的瞳孔里：青春索解的战争命题

现在，他在枪里反复练习精准，练习骁勇

需要记住一支枪的来龙去脉

把荣耀卸下，把姓名和身份统一于枪口

用枪止住另一支枪

这些碎零件，是一支枪的硬骨

凝固的血闪着冷光

用掐住的秒，完成一次出动

一次脆亮的击发

下午的阳光有所侧重

下午的阳光温实，晶透
适合踏春，适合挥霍

浸涌大地的每一寸阳光
都是光源
都是一触即发的火

可以看清每一丝风
可以看清每一声轰鸣出处
可以细数每一棵树的枝条
可以点亮每一个战士的眼

阳光目击之处，春风可人
枝芽嫩黄，枯草直起身子
一架航模推出库房，没有动力
阳光作为引擎，我用眼睛
点亮了它的飞翔

军姿记

烈日中，这竖立起来不动的铁

和平的铁，垂直于信仰的铁

加入风沙和雨，淬火，锻造内心

只有足够挺拔，才能直抵灵魂

一动不动的铁，靠近烈焰

这是站的哲学

藏在铁中坚硬的部分

是烤出来的脊梁

从内心抽出来的铁

足够锻打一块金黄的盾牌

那么多箭镞，数十万箭齐射向身体

另一个自己，高出内心的海拔

渗进骨头的，正是一块铁所需的

仿佛林中这么多铁，只为

烫红烫热这上升的太阳

深秋，我要描述红

秋风浩荡。满眼的红

像成熟的果挂满枝头

像一簇簇火焰在大街小巷奔跑

跳荡的红，飞扬的红

激情为这个新时代代言

红潮汹涌，映亮着梦想中的日子

用红布置的人间，江山多娇

此时我要用露水纯净的眼神仰望你

我要用清丽的鸟鸣的歌喉赞美你

我要用胸腔里的浩气说出你描述你

我要用血液的红接近你抵达你，直至成为其中一滴

起初的红，是血液一种

在脉搏里流淌

是流经身体里的河流

是湖心里的一丝微漪，搅动漩涡

当它流出体外，洇湿大地

是革命的配方，

是五角枫叶的雏形

最先拿来测试红的是铡刀、竹签、烙铁以及暗枪

红色血液，浓稠咸腥

可以提纯高钙和信仰

可以缝制红旗，呼啸长风

是谁发明了红，最大限度用来调色江山

是谁锯开红，露出年轮，实心的

是谁扯着红色奔跑，露出湘音方言

现在，我们不断擦拭红，让红愈加红艳

用红描述秋风

我只用了"红旗漫卷西风"

用红描述未来

我也只用了"数风流人物，还看今朝"

用红描述生活

我也用"到中流击水，浪遏飞舟"

鸟鸣是红色的，炊烟是红色的，梦想是红色的

日子也是红色的

连爱情的证言也是红色的

现在，红色，不断掘进生活内部，掀起风暴——

因而，对于红

我要动用一条湘江去祭拜，一座无名碑去怀念

还有一座江山去摆放

还要动用所有的词去描述

一个人的红色心情

今天我只带来一颗红心，和一腔热血

这足以抵挡一切纸老虎的红，澎湃新时代的潮

当红不断从血液提出，镶嵌镰刀锤头时

那是中国秘方

那是我的身份和信仰

为什么每一次看到红，血脉偾张

因为红，热烈而醒目，祖国身上特有的胎记

可以成为秋风的涛声，内心里的旗帜

战车泊在车场

战车泊在车场

战车泊在车场

尘下坚硬的词，一行行

豁着牙，生涩的诗意

七月的太阳也忍让三分

隐去锋芒荣光威风

居功不傲，静听风声雨声，谈兵论剑

日日夜夜解读尘封历史

战车泊在车场，像解甲归来的人

梦中仍在怀念一场盛大军演

口令：微光

这是今夜的钥匙

月光下，有人交换暗语

有人换肩休息，有人并肩作战

警惕在警戒线之外

夜色轻轻，野营村敞开，静谧——

到处设伏

披着夜色的微光，监视

所有的可疑动静。所有的可疑

击落的靶机

千疮百孔。到处都是

弹头击中的洞，一颗最要命的

弹头直接穿过靶机心脏

遇油在空中爆炸

观礼台上，一阵惊呼，啧啧称奇

后来靶机残损的身躯

找回来，战士们拿起

像俘获战利品一样

兴奋入影，这是幸福的战友

对战争的另一种解

在弹药库搬运弹药

双手抱起。一箱箱弹药

搬出黄昏，七个战士的筋疲力尽

躲在洞里的老鼠看清这一切

溜出来，又偷偷跑回去

当他搬下最后一箱弹药时

已无法对一只老鼠喊出打

现在，所有的弹药都在回避碰撞

小心翼翼地码放在大厢板

所有的弹药挤在一起，不谈论火

只谈论明天的战争

这么多年，这未生的火焰，一直隐忍着

这小小的青绿，内敛着许多

不为人知的脾气，只为等待

一次痛快的飞翔

阅兵训练

与烈日对峙，一个人
不断掏出内心，炙烤信仰

粗汗从眉毛处滑到眼里
一滴有盐的泪，在控诉

一只小虫在鼻梁处登高
痒，图钉般摁进心

对着烈日，放送秋波
我始终睁不开眼

膝盖和时间
我只用了挺字，将两根骨头缝补

还用了十滴水和清凉油

让风吹——

足下的自豪
把烈日硬生生地顶落

清晨记

几声鸟鸣，从梦境里飞出

停在山楂树上

像长出的一片片新叶子

紧促的哨声，好似更大鸟鸣

尖厉而高，跑出来的脚步

像纷纷扬扬的叶子

当惊慌归于平静，祥和顺从于时光

那片叶子之上，一滴滚圆的露珠

正失色于惊心动魄的清晨

我再次写到轰鸣

在车场，我再次写到轰鸣

它那么深，像一口井

怎么走，也走不出轰鸣

车库在轰鸣声中膨胀

仿佛他们在捂

一个天大的秘密

当它熄灭轰鸣，天地转暗

像捻灭一盏灯，世界一下子

陷入巨大的静和空洞

透亮的光

坐在窗前，伏案久了

透亮的光，不容置疑的语气

钻进书里，仿佛从一行行字里

发出来。像嘹亮的军号

顺着它，我的视野

推远了许多

当我坐下，这光

还在，这咄咄逼人之势

仿佛要把我从内心里揪出来

和解

这几天，他都在修筑一条跑道

他要把自己的经历一一垒设

深坑并不是深渊，登高并非望远

一定要有摸爬滚打的血泪

虚拟的河流汹涌，乱石丛中

藏着尖利的牙

每修筑一个，仿佛把内心的故事重新叙述

当他回头看：这才像一条跑道

他像一个很有经验的人：跑字当先，拼得要领

当他看到一队战士，轮流跃起

侧影幻动，很像另一个自己。落日

坠下山的那一刻，他下意识摸了一下

身体里的隐疾，眼睛里含着淡淡的光，好像在和

远逝的青春和解

擦拭

整整十五年，他都觉得虚度光阴

唯有这枪，生活制度一样坚持到现在

净身一样，每周擦拭一次

或者更频，一天一次，像刻在身体里的习惯

雷打不动。对于枪，他总是虚于谈论

沉默的话语，如黑黑的枪口

向来很准，都是一枪毙命

每次擦拭，提起自己，来不得半点疏忽

分解，除锈，净尘，涂油，组合

他发现，一杆枪

像拉单杠的力气，一点一点，长在身上

军营烧烤从六点开始

纸壳轻轻一扇，远山和薄暮

灰一样吹起，冒出通红的火星

燃旺的姿态，和我体内的困兽

是一致的，如虎归山。只有那块落日

如炭，彼此燃烧

时不时响着小小的哔剥声，仿佛落日

一点一点沉入垭口之后，冰镇雪碧

快要漫上，我们仰起的脖子

落日，夜色轻轻覆盖，像一个战士的浅眠

明早，清风一吹，又是一块发烫的火球

五月，随军列远征

两根铁轨，擦亮了黄昏
按捺不住的鸟鸣

五月，只是拐了个弯
便把春天远远甩在后头

其实弯曲的弧度
可以是坡，也可以是高原上的呼吸

必须懂得慢，一快
就记不住山河模样

孤独的村庄，不断走动
眼睁睁看着春天驶过去

往北，风
轻轻一吹，就把空吹来——

卧龙山落日

群山如龙。几天了，走过这么多路

终于在一条龙的脊背上停了下来

这么多脚，龙卧不住了，开始扭动起来

它想飞

到达山头，群山喘息

扶着山风，像龙一样盘卧下来

大地呈现安详

不知是谁，用一根针

挑破血泡，落日

像一滴血一样，滑入山下

苍茫是一辆战车的事

在草原，地平线是苍茫的视野
起伏不定，轮廓饱满

最粗最厚的一处，一粒虫子
粘牢在黄昏视网膜上，一动不动

远处之远。仿佛动了一下
像一滴沙子，滑落下来

那是风，钻出草原和尘沙
一辆战车，从苍茫中走出来

像蚂蚁，在大地上蠕动
有那么一刻，走出来的战车

与草原同色

轰鸣远远地把他们分开

走出来的战车，让地平线淡了些
让苍茫淡了些

走过来的战车，让身后的草原
又陷入短暂的空茫

从弹药库归来

夜色苍茫。军用卡车犁开原野，缓慢

而又被夜色合拢，吞噬

野营村盏盏萤灯，复制天上的星星

白昼风沙卷起，帐篷林立，晚上城市降临

坐在我旁边的是

一直未开口说话的

四颗炮弹，像从战场上退下来的兵

一路上我们缄默不语

生怕哪声大的，喊醒其中一颗

让一座野营村亮着，夜不能寐

今夜，看一场露天电影

天色尚早。就让天露在空旷之上——

二十点半。天空迟疑，黑

挤不满空，夜色一点点洇湿草原

月光透亮，干净，投向大地银幕

一场电影正在上演

一群兵们，卸下苦累，像天上闪烁的星星

微风吹起，小小的幸福便在草间传递

战车驶出车库

多少次他把战车驶出车库

远去的战火，军号一一经过他

一个战士的心跳

多少次，他真想一脚油门

把战车驶进战事里，让战争

望而生畏

强军，强军

一

醒来，就听见强劲的号角

激昂，雄壮，上升为强军梦想

像太阳一样照在身上，暖暖的，痒痒的

日复一日的日子，今天却有出奇的新意

二

阳光般的兵们像开闸的洪水，一泻千里

热烈而汹涌。他们个个怀揣梦想

小小愿望，像一枚影子，动感千重

依照梦想轨迹，可以看出

他们每天都是收获，呈递增

草尖上的露珠，挂着太多内心的壮观和尖叫

剔透的光，激情为这个新时代呐喊

为这个有梦想的时代鼓掌

梦想像太阳一样

照进了现实

照进了生活的角角落落

迷茫的人、彷徨的人、失意的人、停滞不前和

举棋不定的人……一下子被这激情的火把

点亮了

三

站在旗帜下，人影幻动

此刻，我们眼睛明亮，看到新的希望

如冉冉上升的太阳；看到有人在梦想下

写诗。他只在战车间分行

拆解草原的辽阔

构造高地、工事、碉堡、沟壑……

拆解一辆辆战车

分解为战位、职责或者

更小的螺钉，钢板……

让轰隆隆的履带轰隆隆地碾过原野，如临战场

他只在炮火中提炼诗意，一颗颗炮弹

闻令而动。像一个个坚定有力的词

痛快淋漓地写出

还有人在和平里珍爱，在战争和政治缝隙中看到丑陋

珍爱像对国土一样一寸寸地珍爱

憎恨像对老鼠过街人人喊打那样地憎恨

于是我们在梦想中眺望：今天的幸福来之不易

更多的人在梦想下集合，宣誓，整装待发——

他们知道如何向梦想要出幸福，如何在梦想下

练习精准和忠诚

梦想，强军新引擎，你我的新动力

在梦想中制造梦想

在梦想中搭建阶梯，拾级而上

在梦想中创造人间奇迹

我们时常思考和讨论战斗力标准，越辩越明

我们时常提醒自己"当一个好兵"

我们更加珍视精神，把梦想融进血液

点点滴滴培育有血性的战魂

我们更为崇尚有价值的人生，把梦想铸进骨髓

让当代革命军人核心价值观优良品质，扎根军营沃土

我们都是梦想的追随者、接力者

是啊，梦想是一代一代续力传承

当梦想传承到我们手中

必然是强军梦想——

我们的渴望和内心真挚的呼唤

其实，这，就是我们梦寐以求的中国梦

伟大的梦想，像太阳一样

谁也不能垄断

谁也不能独占

每一个人，都是梦想的主人

都将获得出彩人生

四

"强军"——作为一个名词，在碰撞、

冲突、政治、漩涡里……强烈说出

作为一个动词，在战术、对抗、拉动、演习、

打靶、白山黑水中……写进战士的魂魄里

作为梦想，在旗帜、文书、信仰里……

以灯塔的名义，指引壮阔的人生

一篇战斗榜文，一篇通向你、我、他的战斗榜文

现在，一道命令

集结精神和作风，出发

向着旗帜上的梦想　挺进

向着现实里的梦想　迈进

现实与梦想无缝对接，诗歌与梦想通行

历史从今天轰然翻动，如同我的前方

是一轮惊天地的日出——

站在内蒙古的诗

一首诗，站在内蒙古的土地上

它感到高，小和无边的空茫

像一粒沙之于沙漠

像一粒草之于草原

而我悍然写下日落日出

这样一首诗才会有

足够的底气平视或者仰观万物

一首诗注定有巨大的理由

站在内蒙古上

体察一颗风尘仆仆的异乡人

敬仰和朴素之心，站在高地

极目远天云卷云舒

灵魂像老人出窍般获得一次深刻的仰望

一首诗迎着风沙像蚌壳一样

毫不含糊写下珍珠

情愿与低矮的草卑微的沙为伍

站在风的肩上，与红旗竞舞

每一次风吹热血奔涌

一首诗站在这么高的海拔上

越接近天的地方就越有深刻的锋芒

诗行湛蓝

含蓄的云朵不敢随意跑动

多少年了强烈的紫外线

依然像一截风湿骨病敏感

镜像之一：云

天像一张大大的蓝色纸笺

谁之手几笔涂鸦

朵朵云儿破纸而出

草原像羊群一样放牧云朵

整个夏天我常常对着天空仰望

也凝视一朵朵云，流放的云，

看着看着，失足于一朵云布下的陷阱

我看到一朵云蛰伏着巨大的时光和惊天风雷

于是，便把一朵云描摹在地上

在草原上在心里

生长的想象保持无瑕洁净

是谁的战车轰隆隆走过

尘土飞扬涂抹了天边边的一幅幅画作

使我珍视多年的想象已然出土文物

在草原

在草原我多么小

一棵草可以隐去我可以忽略我甚至可以替代我

追逐针尖般的时光

越来越远的身影

化为草色和无边的空茫

风来喊我顺着风

牛羊隐现奋进的歌声和黄沙

平分苍茫原野发挥极致

风吹动处是一辆战车的轰鸣

我嘶哑的声音迈不出身子我多么小

刺目的阳揉碎了正午

一粒沙子潜藏怎样的风暴

将我一生埋葬

在野营村看见三个架子工

在野营村三个架子工
迎着正午的紫外线和灼灼的光

攀在铁架上的三个架子工
我不认识他们

铁架上的三个架子工
背影很像我在外挖煤的表叔

三个架子工在风折断的墙下
麻利地安装搭架拧螺丝

野营村允许他们做一次临时村民
——架一堵坚实的隐蔽墙

他们卸下难懂的方言和蒙民的肤色

融入火热的生活一点也不见外

催紧但不乱套

喊快但不慌张

像医生的手刀到病除

像精通心理学者从容不迫

此刻我看到长风

辽阔干净在他们脸颊上顿了顿

又吹远，像他们的另一只手

替他抹了一把汗……

枪声，或者一颗子弹终结的意义

——辛亥革命有感

一粒弹头

嵌在老去的内心

70多年了，仍在控诉这弯曲的枪声和

劣根的秉性，弹坑密如蜂窝

伤，及至骨头，仿佛一截疼痛

安置着小型气象台——准确预报阴雨天气

可岁月布满了神经，死去的子弹

不，从未死去的子弹，一颗颗

重新拾起，翅翼还在颤动着罪恶

又如随时会响起的一把冷枪

此时那些偏激的子弹，露出

刺鼻的硝烟，血腥的词语

心跳偏离轨道的那一刻，深渊万丈

狂啸的子弹，多像数学题中的抛物线，无助而黯然落下

有那么一刻，一颗子弹

退回到枪声

退回到扣动扳机的食指，或者词语的真义

——世界安静

一粒词语的枪声

一粒词语，横断面是座城墙，累累弹痕

远去的烽烟，藏匿于山水的呼吸里

一粒词语，尽力掩饰内心平静

那些不堪的罪证，词语也会喊痛

一粒词语，想用尽时光消隐那时枪声和血泪

但岁月总是咳嗽

一粒词语，伏设结局

早已把天空的蔚蓝和幸福作为梦想的底色

一粒词语，就这样搀扶着民族进进出出

裂变成时光之痛，又或者民族之魂

我依旧凭着敏感，像驳斥谬论一样，将词语吼出——

黄继光：士兵的胸膛

一

胸膛之上，誓言响亮，尊严——

高如我的祖国

数根肋骨，紧紧簇拥胸膛

结实的胸膛，住着祖国

住着长江黄河以及大地起伏不定的山川廓影

涨潮般的爱，记忆，涌向那年的烽火岁月

最有骨气的胸膛，就是挺起来

挺起来说话——

胜过激烈的心跳

不需要任何修饰，一个名词抑或

你的语气，扶不起一座城池的胜利

必须动用身体里的动词

——跃地而起，身后

就会涌现无数条堑壕、工事……

必须让所有的动词成为决绝的动词

——挺起，就是冲锋

最佳角度，进攻最有力的盾牌

倒下了，也是一幅绵延辽阔的版图

标识中国

疯狂的战争，有无数的子弹在飞

仿佛不同方向的人在大声说话，措辞严厉

要命的言辞，说不过，我就大声喊

用喉咙声嘶力竭地吼，用身体

用挺起来的胸膛去堵，去冲，直至战争

哑口无言

当年越胸而过的那些罪恶弹头

早已一一拔掉，偶尔隐隐作痛

像一节风湿骨病

凝固的血，结痂在心脏之上，时时醒目

以至于我现在一推开中国地图

就能摸到五星圈注的地方——这就是北京

我的祖国的心脏

二

你，只是一个士兵

胸膛，却填满和平和信仰

烈焰的熔炉，一颗高能量的TNT

——英雄真不问出处

血浸染的土地上，杜鹃花开，风吹——

漫卷红旗的红，高高耸起

而我，正以一滴血的红

渲染江山如画，把红描成旗帜与辽阔

并且在你我之间，以战友的名义

允许将职责换一次肩

胸膛之上，大写着梦想与昂扬

一颗小小心脏，保持着祖国脉搏，同频跳动

一个哨兵的中秋

枪和月光

一样地冷峻

他久久凝视门外的动静

不允许自己开半点小差

所有的思念扶住一把枪

直至团圆安然睡卧在祖国的怀抱

月落营盘

围拢过来的
夜，被月光涤洗，虚幻

喧闹沉下来的静
暗藏风声的静

营盘之地，薄薄银霜
深陷的影子，还有枪和思念

月落营盘，跟故乡一样
干净澄澈，像要洗刷所有的心事

下哨的兵，久不能寐
像月光一样照着

以麻栗坡的名义记住英雄

一

麻栗坡，一个云南边陲的县域，它不是坡，

一个在地图上用点标注的地名

今天，它让祖国深深记住

麻栗坡，每次念起，我都要用一颗

陡峭的心来攀登

用仰望的姿势，看风和日丽

麻栗坡，因为一个兵，一群兵，提升了坡度

那慢慢爬升的坡度，怎么看都像山，像峰

令群山仰止。祖国山河壮观

每一寸土地，都有诗意的坡度

唯独这块用坡命名的土地，只能赞美，不敢涉足

那些埋藏在地下的暗礁，几十年

像身上的陈年旧疾，随时可能触发

当我看到村民像字一样失去偏旁

像爱一样失去幸福，一遍遍刺激着我们

多么惊心的痛

这是阳光下最焦虑的痛

排除雷患，如同在虎口处拔牙

在刀尖上舞蹈

我看到一颗颗雷，锈迹斑斑，但不失忆

与根茎缠绕耳语；地底下的黑暗，暗无天日

是我们看不到的黑暗，时时刻刻在要挟着我们

吞噬着我们的命运

二

杜富国，一个兵，年龄与我相仿

一脸阳光，那帅帅的样子，令我肃然起敬

他的举止，让我平素仰头的姿势平增了角度

因为只有这样，才能读懂一个兵

我记得他受伤前的那句话：你退后，让我来

闪耀着朴素光芒

当我看到他握住那颗加重雷

当我看到他在执行有无诡计装置命令时

这一瞬，雷爆了

当我看到他危急时刻不忘推开身边战友时

这一瞬，他爆了

麻栗坡也爆了

我看到他满身血，防护服炸成棉条状

我看到他坚强的内心，和让人不敢正视的

现实：看不见的世界和无法拥抱的爱

这颗加重雷，让生活炸入谷底，而他

把黑暗和危险挡在了自己身上

我记得他的微信名：雷神

这样形容人

会不会过于沉重，而他

背着它已在人间走过一遭

当我看到，他们手拉手走过雷场，用身躯验证安全

用这样的方式交付人民

用看得见的事实触摸宗旨

还一坡诗意

还人民一个安身立命之地

那个背走黑暗的人

——献给扫雷英雄杜富国

这些天，朋友圈都在关注

杜富国——云南扫雷大队战士

就是那个背走黑暗的人

天黑之前，他还在努力记住幸福和感动

努力搬走危险，铲平坡度

让缓缓的诗意泻在麻栗坡

黑暗并不是没有光，而是把光

储存在肺腑之间，用心划燃

要不然长长的暗夜，怎能闪烁万家灯火

那个背走黑暗的人，其实

只是关了灯盏，转身出去，没想到

就走进了无边夜色

那个背走黑暗的人，只是轻轻挡了一下黑暗

没想到雷霆发怒，浓浓的乌云

熏黑了一角，之后天空瓦蓝

那个背走黑暗的人，他以为

把所有的黑暗背在身上

就可以使夜色不再深沉

那个背走黑暗的人，其实是自称雷神的人

但不是神，只是用血肉之躯

用灵巧的手按住闪电，使时光暗哑

那个背走黑暗的人，早已料想的后果

在誓言里已提及，只是没想到这么突然

比想象中还要快

那个背走黑暗的人，像一颗

静默的加重雷，也会突然

使天地轰响

那个背走黑暗的人
你退后，让我来，足以撼动
所有胆怯，畏惧

那个背走黑暗的人，其实只是
一颗星光，让黑暗
突然暗淡了几分

那个背走黑暗的人
一颗从黎明出发，抵达夜空
闪烁的星辰

挖沟

春天的草地上，一群兵

挥锹，抡镐，抢挖一条下水道

掘地三尺。阳光顺势照下来

照进沟里，鸟鸣、花香，还有丛林背影

想到不久，地下的暗河

将成为动脉，哗哗哗照看春天

谁也没有停下来，向着春天掘进

醒着的黎明

黎明，被岗哨叫醒
一只口令的耳朵，捉听风吹草动

迟迟未下哨的下弦月
像乡愁，在心尖游离

鸟鸣飞起。一弯月白
泛起血色，我看见了呐喊与壮阔

对视

西北望，群山苍翠

远处，有人放牧春天

更远处，有人持枪巡逻

你忧郁的边关，冷月

至今是幸福的领地和光照尊严的太阳

你写下的词

挑灯看剑，烛照我的日常

站在你面前，我没有拘谨

一个战士与另一个战士的促膝交谈

与你对视的刹那

我接过的不是枪，而是一把战刀

中间横亘着800年，至今仍闪着热血沸腾的锋芒

第三辑

每一颗炮弹都有一个战士的身影

三月，凝视一场雪

三月，下一场雪

春天白了，朋友圈白了

这天，仿佛在悼念什么

无休止的白堆积人间

当我看到一粒粒晶状的雪

急速飞奔，掉落在地上

化为湿湿的一摊水迹

像毫无挂念的人，像决绝的语气

许多雪，在悼念自己的死

当我伸手拦住一粒雪

仿佛从死里抢救出来

瘆人的白在手心间即刻消失

我加速了一粒雪的死，这是我的罪过

更多的雪，赴死之心的雪

用死阻止死，像某场战争

一提起，让人胆战心惊

春天的轰鸣

一辆战车

就停在春天的引道上

引道两边，列队整齐的旗语

白杨泛绿

更远处，格斗操喊杀声

让阳光更加明亮

一个战士

跳进驾驶舱，戴上坦克帽，按下按钮

嘀——轰鸣声响

一下子引燃了春天的引擎，声声惊雷

我需要透支更多的呐喊和阳光

旋进战车轰鸣声中——

这春天里的漩涡

鸟鸣跌入轰鸣

我看见一粒鸟鸣跌入轰鸣

是这个上午发生的重大事故

像一辆车坠下悬崖，阳光目瞪口呆作证

像漂萍冲向漩涡，急流中

眩晕与碰撞，一个短暂失忆的过程

找不到那枚轰鸣。击碎的鸟鸣

像一滴墨水，滴入大海

迅即消遁无形。一粒鸟鸣

被宏大的磁场吸附，必定有他足够的坚定

春天里，最激情的歌手

有了殉国般鸣唱的力量

微小的喉咙，随轰鸣一起

轰鸣，仿佛轰鸣增高了些许

阳光也拨亮了些许

阴雨

走在路上，积水如湖

天空沉在水底，发生这么大的事故

到处都是天空的残物，到处都是救援的兵

他们正在挪车，打碎镜片

像揉皱一张纸，合力将水赶往下水道

尽快把天空捞上来。大扫把来回擦地

仿佛在给天空擦洗净身。又像大扫荡

所经路面，一大片水域

不见了，水迹如纸上墨印，只待风干

而风化的白，一点点扩大，直到天空露出亮色

月季

锅炉房旁，三十几棵月季

像潦草的行书

仍在耐心开着花儿

每天路过的脚步很多

每一瞥

都是粗重的笔画

你的目光，肯定记住了其中一个

那一闪而过的背影

像此时的暗喻

看着看着，你也想跟他们一样跑起来

像按捺不住的心跳，一激动

就开出花，一朵接着一朵

像揪住冬天不放的手

军号

像挂钟，像命令，高高在上
这么多年，一点一点从墙上走下来
以另一个我的方式，走入日常起居

这么多年，还是原来的草木
还是原来的老营房
以条件反射，血脉偾张的方式
挺直身杆，站立两旁

当它走入我，成为嗓音的一部分
血红的一部分
发出的每一声，都有军号的因素
以至于现在，军号声声，刀光剑影的幻境

当它成为我，或者替代我时
我嘴里喊出的是军号一样的黄钟大吕

军号里，有一个最亮的音色，那将是我

一个战士的绝响

练习口令

这是早操其中一项。老班长

在前面喊，列队人员跟着喊

或高或低，像散落于各处的羊

其中一两个，如失散的鸟鸣

总找不到归途

老班长边讲解边示范，用力喊出

吸足气，胸腔发音，每一句都是爆破

那种穿透力，像飞出去的子弹

在每个人面前掠过，再厚的钢板也被击穿

如此几遍，失足的已被拽回，开小差的已悬崖勒马

声音不是从嗓眼发出来的

用胸腔以下抵气而出，老班长如是说

这无法抵达的深度，让我不得不沉下心来揣摩

口型，发音，用劲，像练习打靶一样

一个一个找准要领。每一声，有撼动群山的力量

每一句都是命令。短，小，那些失散的

正在归队。三十四人的队伍

气势，像拳头一样，越握越紧

这个清晨，有着铁般的属性，格外响亮

别在胸前的小党徽

别在胸前的小党徽

是微小的光芒

是小小的跳跃的火焰

是潜藏巨大能量的原子核能

因此我觊觎每一个从内心发出来的光

让野营村泛着星星点点光芒

让这里的每一天饱满，亮堂堂

别在胸前的小党徽

镰刀锤子还在收割故事和感动

他们尽情描述红

他们推开红色波浪，露出旗帜的桅杆和底座

他们每天谈论战位、炮和战争

谈论军姿、锹镐和烈日

谈论汗水、泪水和血水

也谈论骨头和脊梁，现实和信仰

谈论红出于血而胜于血

为什么要把一枚党徽别在胸前

是要让每一个心跳，搏动着精彩

让它贴着自己的良心看着言行

挺

写下挺字

我把牙咬碎过多次

生活诸多不易

挺，一把哲学钥匙

积攒三十年的经验

挺，可以修正人生

苦的过程就是挺

挺，就是要吃尽苦累

挺不住时

也要用尽嚎叫和骨头

挺住苦难

就是把所有的苦水往心里咽

挺起脊梁

就是要让每一根骨头，不弯不曲不酥

如果骨头裂缝

挺，可以修补

就是这根坚硬如铁的骨头，立在大地之上

顶端死死挺住烈日　和信仰

小苦难

走路是苦的。当身体越来越沉重

当脚板上的三个血泡在拼命挣扎

当意志一次又一次被数字勒紧

当希望再次被远山遮挡，寒冷围剿

背囊和枪反复抗议。苦

一点点溢出心里和身体

此时，如果被击溃，你

就成了自己的俘虏

翻过山岭，回望

是一种轻松，走过的

是一种不可多得的风景

哪怕一次小小的歇脚，或停顿

都是无比惬意和享受

吃苦，就是要把身体里的苦

一点点咬碎，然后往肚子里咽，不要有任何借口

苦言其志，挑战极限，挑战不可能

当苦已成为身体的一部分，那就是蜕变

一些词：良药苦口、苦难辉煌、苦尽甘来

为生活说出道理

每个人的经历都要有苦的过程

苦过累过，便是最美人生

再一次写到拉练

再一次写到拉练

写到所经之苦，勒痛的肩

写千里之行始于足下

写用尽身体里的苦

写天气的骤然下跌，写村庄的空寂

写山岭的荒草，写帐篷的咳嗽

写喘息之后的仰望，写汗湿之后的颤抖

写血泡的始末

写枪是怎样刺穿天空

写出眼神，不越视野一步

写出大地之上的安详之物

写出前方那个战士拄着木棍的影子

他要把军人那重重一竖笔锋，或者脊梁撑住

与一截疼痛对峙

骨折处取出时间，疼痛反复碾磨骨头
像一眼山泉，汩汩流出

用手指按按，仿佛沉在水底的
暗物质，即刻浮上来

有时听见空洞的回音
有时像翻炒的鱼

一个词，像一味药
怎么也抵达不了痛点

与一截疼痛对峙
必须准备足够多的痛，短路

一副拐棍，将隐秘的电流
潜入地底

在疼痛里小坐

当他再一次把瘸腿抱起
仿佛他在疼痛里枯坐了三十年

当他把疼痛摁进骨子里
轻轻一敲，发出沉闷的声响
仿佛生活已有了回音

当他用膏药敷在上面
我看见扯出来的痛，正一点点告示人间

屏幕

久坐桌前。窗户是电脑的另一块

屏幕。桌面上，春天浓郁

羊肠小道有了美的追求，白色建筑

是新建文档，一棵棵绿树

是刚下载的新软件，花香围绕春天

引来翅膀，草地上，思想在生长

奔跑者，在屏幕上移动

如拖动的光标，或许双击一下

就会显现信息，又一个奔跑者跑过去

我又忍不住轻点鼠标，当我定睛一看

他又迅速在屏幕上消失，仿佛跑出了春天

想拉，又拉不回来

天气

我看到的天气

半睁着眼，没睡醒似的

那些光鲜发亮的事物

句子一样，删繁至简

仿佛光是叠加上去的形容词

我看不到的天气

在翻转，较劲

维持现状就好，阴郁的雨

擦洗弄脏的鸟鸣和垂落的眼睑

也许我一转念，风从树上升起

天地就会破涕为笑

疼痛

此刻，疼痛有了最真实的想法

当它向外走，膨胀，作怪

一直向病房外走

一阵嚎叫，捶胸顿足

当它向内走，向黑掘进，向一截骨头

挺进，一点一点挤进灵魂

那就是彻骨的，欲哭无泪

立于中间者，我们称之为生活

所有的事物都有疼痛，包括疼痛本身

一只蚂蚁，背负着

人间巨大疼痛，走走停停

当心我们，把生活踩痛，或者崩溃

吊扇

冬天，沉默不语

夏天，它有说不完的话，没日没夜

同一个屋檐下，两个吊扇，老死不相往来

划分各自的疆域，井水不犯河水

看不出他们有过分的行为

居高临下，彼此互为敌人，暗中较量

因而他们是孤独的

孤独的影子，画着圈儿，不停地转动

他们内心发力，只比速度

我曾在一个吊扇下，吹干汗浸浸的躯体

我的目光，像神遗落在大地上的心跳

加速一扇风叶的旋转，也加深另一扇风叶的孤独

像沉下来的暮色

敲打

整个下午，他们在敲打一块瓷砖

白色的，易碎的脚印，贴紧大地

仿佛有了牢不可破的力量，灰色的时间

牢牢粘住。抱紧的地板，使其分离

无异于骨肉分离。对付坚硬的时间

大锤和镐轮番上，汗珠和手茧一同出力

咚咚咚，把下午敲下来

好像下午是瓷砖贴起来的，分分秒秒

有黏性有韧劲，用力一敲

有那么一下，当的一声，干净清脆

如子弹射穿钢板，我三十年的肉身

这么厚，一下子戳穿了，一截陈旧的记忆

一截空心的骨头

如果再当的一声，就是

一地碎片

战备出动

出动清晨和美梦
出动枕戈待旦
现在，出动的是一把
紧急的哨声

一声急一声的哨子
碎了晨光，失散了鸟鸣
步子临危不乱，哨子的回音
像一把冲锋枪，随时出击
随时捍卫这完美无缺的时光

每一颗炮弹都有一个战士的身影

每一颗炮弹都有一个战士的身影

每一颗炮弹青涩，且充满火药味

每一颗炮弹都是战士的魂铸造的

每一个战士都是一颗引而待发的炮弹

草原上飘扬的旗

离天更近的地方

是一杆国旗，直立着

一抬头便能杵着天空

风，扯着旗

也许劲再大一点

便能将乌云撕裂，露出蔚蓝的底色——

深秋

秋色不能再深下去了
再深，就是一场风暴

叶子一片一片落
秋天一点一点黄

那些不肯落下的青叶子
就让它们在树上多待些时日
毕竟美好的光阴总是让人眷恋的

还有果实，就交给雨去敲打吧
剩下的——

慢慢变黄。当雨爬上那棵山楂树时
一场急转而下的冷

纷纷扬扬。像风

豁着刀，比如此刻的雨

打湿落叶，扫，扫，扫不起——

在草原遇到一片树林

在草原，经常会遇到一些词

生僻的词。比如这一片树林

像一双双突兀的眼睛

像羊群里跑出来的骆驼

这突然的闯入

走失的树林找回了视野

在轰鸣声中沦陷

辙印远去，一个词，瞬间陷入

更大的空茫，和孤独

这些树林，有时也会矮成一棵棵小草

融入草原苍茫

这些树林，也会有战车的筋骨

化成草原上的坐标

对于树林，只欠

一个战士的目光

晨祷

先醒的鸟鸣，微微凉
像一片薄荷，把太阳推上坡
又轻推了一辆汽车驶向邻县

一切次第醒来。晨跑者
和着音乐，像这个时代的大步伐
虚实地漫过鸟鸣

多么好，万物安详
万物皆有秩序，写下梦想

战机写出的汉字

都抬起头来看看，战机

在天空写字，大手笔般

它们不在纸上写，亦不在大地上

忠诚需要高度，那就在空中

写望尘莫及的胆魄与血性，选取

山川河流草原作为意象，写出接地气的中国底韵

白云游动，露出蔚蓝底色，用梦之蓝风格

写下姓氏，像填写履历一样写下出生日期和

年龄。写出的字，长抒中国骨气

火柴梗拼就的汉字，最纯正的口形

用仰望可以读出每一个字的河山每一个字的情怀

每一字笔画，动用了战机的钢铁和战士的筋骨

每一字笔画，内敛雷霆般风暴和轰鸣呈现的壮阔

从血液里提纯出来的色彩是旗帜，是晨光，是火焰

每一个字高于信仰

约等于战士的心跳

它们在天空中盘旋，滑行

并对下一场战事，进行朴实而有力的准备

所有的辙印都有来路

所有的辙印都有来路

在滩涂上，每一条辙印
都能对应地找到一台战车

有的去了远方，有的不知所终
有的夭折在履带里
每一条辙印有着突然脱臼的声音
战车轰隆隆地呼吸

如果迷失方向，大地伏设月色
和芦苇，如果乱了阵脚
必定有人焦虑上火

一条线索断了，肯定有
另一条线索浮现

那天，当我看到战车原地转向

齿印咬合齿印，清晰的圆盘

仿佛海上升起的太阳，在清晨，发出湿漉漉的光

所有的星星都是夜空的子民

夜空下，所有的星星奔忙着
建造天空，写下人间祝福

一张涂鸦的画作
像身后的灯火，止不住月光的忧伤

当我写下：所有的星星都是夜空的子民
一座天空之城，辉映人间

我仍说不出所有星星的名字
但能准确辨认出北斗七星，像我
在人间，远远就能认出急于发声的母亲
时时刻刻急于担心的父亲

他们的仰望点亮星空
他们用经验准确预报天气

以此推断

我在人间的方向，和位置

中国道路

一

都抬起头来，顺着手指方向看看

一条幸福大道正铺展过来

穿过万亩梯田，万亩油菜花，万亩平原

到我的脚下是三月，奔涌的春天

宽阔的道路，通达生活的各个路口

像一束光，涌进路口、街角、田野、村庄

低处，或暗处的事物

——照亮了——

这是一条搭载我们命运的大道

道路的前程　有着你我他共同期盼的未来

你们　他们或者我们中国人共同梦想的命运

二

道路　深嵌在大地上的跑道

是大地上的一条血脉

融为大地，清晰大地　又时时激活大地

一只鞋最引以自豪的长征我们称之为精神

另一只，最得意的农村包围城市我们谓之为胆略

一条道路，需要可以仰望的路标　更需要

一双耐穿的鞋子　这样才能走得久远

用血扶起道路的是一群血性汉子

他们最懂得怎样在大地上开辟道路，怎样走出道路

一代一代开拓者穿上这双草鞋

把一条道路踏成今天的壮阔，与宽广

三

立冬过后　下过三四场雪

漫天飞舞的雪

让一条条道路沉沉睡去

让一条条道路苏醒过来

被人民指认　被大地反复吟唱

道路的走向　更加清晰镌刻在人民心上

正如今年的红　从深秋的某个日子

开始嬗变　红透枝头　红熟内心

蔓延的红　像红叶互相召唤

豪情的红　奔放的红　一路歌唱的红

沿着路的远方　构筑了繁华　丰饶和梦

被实践反复检验的真理已上升为人民的信仰

四

我看到深圳在拔节　珠海在拔节　雄安新区也应运而生

风的加速度　从这里催开长空　和万物

我看到和谐不断抻展中国道路

我看到小康正在坚固中国道路

高铁在奔跑　安装好了科学发展新引擎

中国速度，是我们递出的另一张名片

我们不断为这个日新月异的日子命名：新时代

GDP不断翻译成奇迹　幸福指数

民生之词不断点击　刷新生活，更多的新事物

引领新潮，我或者我们在奔跑中

成为自己，成为道路的主人

我越来越感到，我，成为我们

是一件多么自豪的事

此刻　中国道路在不断向前伸展着　辽阔着

不断分解成柏油　沥青或者更微少的事物

将梦想切割成天　时　分　秒

熔铸成力量　希望　和美好的光景

你们　他们或者我们　都是道路汹涌的春潮

春天的风声，大海的浪潮

我们不断在梦想里推开蓝天和大海　我们以勇气叫它为改革

不断在速度和窗口里款款走来　走向未来　我们唤它为开放

前方到站：小康

五

就是现在　我　一个来自江西的青年

一个即将成为道路的一粒沥青　成为追赶梦想的一滴柏油

一台机器里的小零件，小螺钉

在北方的一座军营　不断修筑我体内的道路

学会爱与被爱　学会用准星校正目标

在这条道路上奋力奔跑着　簇拥着　积聚着

其实　这些年我早已在内心里构筑了共和国道路

一个人的成长轨迹与道路息息相关

最宝贵的年华　锻造了最坚硬的道路基座和钢筋铁骨

体内的道路　体外的道路　不断朝着旗帜上的道路，前

进——

你的路　他的路　我的路汇入到大道上

是新时代的浪潮，汹涌澎湃

一道最亮的曙光　由此深深划过大地

另一端

作为道路的一颗沥青　一颗螺钉　我要努力

承载重量　方向和爱

拧紧思想坚固基座

一吨吨重量　方向和爱　涌动起来

一颗颗沥青折射出更大的梦　更多的追求

映出葱郁而精彩的世界

千千万万颗螺钉，手挽手积聚在一起

结实着共和国的基座与道路

他们涌动　奔跑　内敛力量

就是道路的原始动力

如冲出枪膛的子弹　直击靶心，直抵梦想

六

道路在领路人的有力挥臂下

插秧的手　扶犁的手　铲雪的手

握枪的手……这些手紧紧握在一起

是力量　是自信　让一条道路光明四射

打开道路 就是打开

一个国度奔跑的密码

一条道路叹为观止的豁口　风景这边独好

一抬头　道路的前方

一轮惊天动地的朝日，喷薄而出……

壮阔

军号吹响，晨光舒展

天地之间，平静是一种假象

美好时光，含蓄着风声或者甲午疼痛

像触动某根神经一样

一杆枪没日没夜推敲和平，构筑思想

壮阔像某个词语，站在和平高地摇旗呐喊

比如梦想

从此这块高地疯长爱情样的春天

和鸽群样的翅羽。像一滴青草上的朝露

露心之上，阳光激动。再小的事物

也要用汹涌映出时代光泽和饱满的祝福

于是我看见许多兵士在清晨中奔跑，喊号，操练

相互比拼，汗珠飞舞

不断向内心掏出汹涌、掏出歌谣或者誓言

战车轰鸣，山河震颤

我把它描述成一次次冲锋，攻占山头

翻滚的热浪，壮阔着和平诗行

他们试图用青春和信仰，把战争赶走，把战争

提炼成历史的视角，制造更久的和平，在职责

在你我的期许之中

和平像阳光一样的胸襟

漫涌大地

汗水多么丰富的意象

像一万个春天，推波助澜

一万个春天的动力，就是暴风骤雨的场，就是

一场洪峰巨大的漩涡

激情在奔走，时间在惊醒

长空催开，和平像一列疾速的专列，

——提速，提速

我试图用梦想捕捉瞬间，为稍逝的今天命名

概括这个时代所有的荣光和期待

源自内心深处的风，在吹

相融于士兵的胸腔、血和思想

每个人都是和平按捺不住的动力

梦想一次次起飞，偾张的血脉

约等于和平之值

大地激越，河流奔跑

此时我目睹了我的祖国和平，崛起的风帆和奔涌的狂澜⋯⋯

强光

光线斜视，痴情于高个绿树，青嫩的草
眼神呆滞，偶尔溢出鸟鸣

风，轻抿嘴唇，害羞样
发出树叶颤动的声响

对视的刹那
一股比光还强的电流，像那年夏天的爱情

暴雨之前

晚霞，天空之锅通红
等待一场暴雨救场

稍慢一步
天空就要炸裂

天空之下，万物
像热锅上的蚂蚁

我看见一道口子，连通大地
裂纹清晰，随后炸裂的声响

我禁不住捂住双耳
铁青的脸，像雨浇灭火仍在滋滋冒着青烟

奔走在高速路上的牛

移动的牛圈。铁笼围起的牛圈

在高速路上疾驰

掉落下来的牛哞

晨光，你好！太阳，你好！

向纵深推远

高速旋转的轮子和思想

此时，它们安静，享受美好时光

当它侧向路旁：疾速倒退的春天

略懂命运，又不屈于命运

几声长哞，像暗下来的光

有几头，正陷入一潭死水，一动不动

一辆客车经过，又加速而去

夜航

在夜色中潜航。如果不是轰鸣

你根本找不到它，在天空中的方位。如果不是红色

灯光，一闪一闪，你也找不到它具体位置，更不会知道

夜空中多了一颗星，比星辰更亮，靠着它

逡巡我的营院，我的祖国，一圈又一圈

把轰鸣提到空中，让轰鸣飞起来

像跳伞一样，有些恐高

怕踩空的轰鸣，冒死一跳

仿佛不是自己

我听到冒胆的声响

每一声，把夜色推开推远

不绝如缕的轰鸣，推开的是

一条隐秘之路

秋风记

海滩贫瘠，嶙峋的骨架

化石一般，大地在暴露

更多的盐碱泛起白霜，辙印层层

秋风疾，大地布满了小争执

一棵芦苇拉扯着，另一棵芦苇

一件炮衣，挣脱炮车，落在了别处

那辆战车，像跃出战壕的战士

筋骨突兀，在秋风中

写下自己

秋风吹不瘦轰鸣。贴着芦叶

吹响一个午后。从这里看过去

所有车列队完毕，后帘翻卷

一个指令，仿佛要把风运走

只剩下秋

海边日出

没有海拔。一轮日出
站在零处，在海平线上
起跑

一粒火球
在平衡木上，慢慢移动

与万物相见。一辆战车
起身作揖，这美好的一天
履带轰隆隆驶过原野
亲爱的，这照耀过战车的光芒
此刻，也正在照耀你

遥控

一次次把飞机送上天空
又一次次把飞机返回大地

有时只身前往
有时拖着后缀

许多手指摁住了它
许多炮弹紧追不放，在它前面飞，后面，上面，下面飞

飞上天空的飞机，总是有去无回
每一次放飞，都像是在告别

有一刻，一只大雁在天上飞
勇士一样，穿越炮火封锁区

他下意识按了按钮，一颗心
就这样久久地悬着

夜岗弹药库

下半夜，远处的狗吠声
叶子一样，在风中颤动

月光是一张网，所有的事物
都在其中，一座弹药库

安卧于经八路旁，划设警戒线
芦苇丛中的夜鸟，扑腾几下

像一场事故的肇事者
突然陷入更大的森严

真的安静了
安静是此时落下来的霜白

栏杆处有摄像头，正在记录真相

警惕的眼神，不惊动一片月色

仿佛暗藏着一支武装，按兵不动

月光只是斜斜地照过来

阵地，或者连旗

连旗，在阵地上
立地为王，是明喻

彻铸旗台，红砖石头
每一个人都可以当擎旗手

嵌紧长风，深呼吸
连队鲜红的历史

在阵地上，一杆连旗
无声，却有着掷地有声的言辞

风浸涌连旗
每一寸都是糯糯的，黏黏的

风掀开红

可以看见连魂

再吹——

可以摸见硬骨

如果风绵延不绝

到处是奔涌的脚步，青筋暴突的喉咙

每一次看见它

仿佛阵地在位移，在进攻

海滩上，一辆战车轰鸣着

爱冥想，也爱怒吼

源于性格，一辈子难以改变

一辆战车，爱憎分明

螃蟹一样，蹲伏在草滩上

堤坝，芦苇，帐篷，是天空的

水草，被一条土路倒挂着

天地没有重点。海风吹，滩涂自东向西

低下了许多头颅，仿佛一下子

又空阔了许多

它的轰鸣，不断被肢解，一点点溶解于苍茫

抵达无。像漾动的水纹，被平静抱住

而整个海滩的声音，都收纳在一台战车里

那些骨质的声响，在沉淀

大地震颤，隐约与心跳同频

仿佛一伸手，就能触摸到共鸣的肋骨

一声声轰鸣，不断洗涤着海水

滩涂上泛出白色的盐晶

把时间涤洗成荒凉的空

把内心的焦虑涤洗成了无杂念

直至落日，从帐篷上面

抖落下来，暮色四溢

不要忽略

风吹，草原辽阔

风吹，天空蔚蓝

天空，蓝得只剩下空——

风吹，云朵汹涌

风吹，帐篷林立

当阳光侧过脸，风暴是草原的肚痛

最灵动的语言

写牛羊，写战车

写一个战士狰狞的表情

在草原，请不要忽略风

自炮膛内飞出的弹

这长长的幽黑的隧道

是一颗颗炮弹艰难的旅程，涅槃重生的经历

一颗炮弹的矢量，在这里坚定立场

天空，炮口粗大。当天空低下来

低到一架航模的翅羽

一颗炮弹的突围，试图用锐器捅出窟窿

捅出天大的缺口

一颗颗炮弹蛰伏在弹箱

瞬间，就获得了起飞的姿势

完成一颗星的宿愿

这隧道中埋着一条长长的线

是炮弹的生命线，有如我们

摊开手掌，宿命归于线

射界

画个隐形的扇区。在看得见的领域里
行动。两个炮管，像我举出的双手
用密位之尺卡住我的左侧，我的右侧

中间，屯放十万兵甲
两条不可逾越的线深刻于心，每一辆战车
背负禁令在身，一旦越出界限
必定内心有鬼

守住度，守住视野的弧
像嘴，可以守口如瓶，可以吞噬远山
像腰肢，可扭，在活动的范畴
泾渭分明，一个词到另一个词
是一场天大的事故
我与磨损的自我，存在
不可逾越的视角

航模降落

天空轰鸣。一架航模
模拟敌机，在天空乱窜

阵地上，手指样的炮管
锁定行踪，密集开火

在这和平年代，航模只能用自己
一次次撞击枪口

而我们关心的是航模
后面的那个拖把，有几个洞

像黄继光的胸膛，身中无数弹头

依然挺胸昂首

身上的弹头，一座山

特有的含金量，足以谈论战争

所有的弹头，都将成为身体里的钙质

一个老兵，身经百战的倒影

从身旁经过，每一次禁不住

将身姿，挺了又挺

用枪声完成一座山的命名

一座峰的虚构

战士仰望的高地

三

以山的名义站立成山

以山的名义接住尖锐的提问

练习刺杀，练习挡，一切来犯的子弹

都是我必训的课目，无一逃脱

练习枪法，把战争精准挡在靶山之外，或者

更远之远

必须要有坚硬的胸膛

必须要有战士的魂魄

四

需要枪声纠正听力

纠正嗡嗡作响的耳鸣

需要耳朵听出茧

枪声才能记住痛，记住靶心

需要身体里的弹头

发烫，温热战士的血液

五

仿佛拍着左胸

为野营村而作

四周是草绿色栅栏
帐篷也是。像草

来到草原，万物渺小
以一棵草的视野，看天空

栅栏围不住番号声
帐篷怀揣青筋暴突

草一样紧紧簇拥的帐篷
高高的旗，是众草的信仰

风愈吹
旗愈红愈亮

大地抱不住阳光。在草原

一棵草的心事

吐露天下大事

显然比阳光强烈，仿佛走不出时间

阳光甚好，顺势照下来
有了微微颤动

此刻，春风缓缓吹过
挠痒痒似的，一再将我的野心暴露

上午训练快结束时

上午训练快结束时，他们还在
擦拭飞翔，一架航模

停在草坪上，阳光
倾倒下来，沉沉地

压住飞翔。两台战车
此刻被照耀，喘着粗气

冒火的嗓子，像极了比擂的战士
又像楼前开得不像样的玉兰

两朵轰鸣之间，仅供
三月的风，侧身通过

未及的飞翔，用去我整整一上午

手枪

我喜欢手枪。尤其是单手换弹夹动作
令我迷恋。这些在警匪电视剧中看到的
常在梦里反复出现，酷酷的，帅帅的

特别是瞄准姿势，让我情不自已
迅速一提，精准到位，不拖泥带水
几乎一气呵成，便将目标捕捉
我要怎样才能成为你

一天，当我从枪柜里取出时
仿佛闯进了你的卧室
看见你，睡觉的姿势也是瞄准
一支支枪，对着虚无与暗黑
反复练习精准

睡在堤坝上的士兵

太累了，需要一个夜晚歇息

太困了，需要一段长长的堤坝眠睡

长达19个小时的抢险，力尽筋疲

他们刚从堤坝上下来，哦不，他们

并没有从堤坝上走下来，只是原地

和衣就睡

堤坝上的月光，暗黑，静谧，只有风

含着雨，一次次抚平起伏的鼾声

在堤坝上，倾听洪魔的焚音

你看，他们手中的武器并没有放下

铁锹，蛇皮袋，救生衣

仅仅是放在身旁，或者枕在梦里

一副随时可以战斗的姿势

蟋蟀，你轻一点鸣叫，蛙声，你也轻一点

赣南脐橙，栖息着红灿灿的小康

在赣江之南，我看见满山坡的脐橙

像此时的深秋，呈动感之势

掩映在绿叶丛中的橙红，如蹿出的火苗

燃烧山坡，和失色的黄昏

喊醒一座山

必须扯出嗓子，声嘶力竭地喊

必须像游街那样喊

村，藏在山中；十八弯

像肠子一样，缠绕着村，

至今仍能隐约听到山村粗重的呼吸

喊醒一座山村，橙子

使出毕生的力量和光芒

喊醒一座天空，它需要鼓点

和节拍，擂响这美丽而动感的时代

一棵脐橙就这样来到山坡

记不准是怎样在一片质疑声中扎下根须

记不准是怎样在贫瘠的土地上，坚定生长果实

只记得那一棵棵脐橙，像攥紧的拳头

发誓要在血染的土地上种植富裕

而它身旁的果农，额上的皱纹，山村的沟与岭写意

五十多岁，跟女儿学会微信，每天

他都要在自家果园走走，看看，拍照，晒朋友圈

他懂得朴素至理：幸福的甜要分享

一大早把成箱的脐橙发往全国，他每天都是收获，呈递增

但他皱起的眉头，吐露心事，我知道他

还缺少山坡、橙红和爱；缺少订单、水泥路和诗

他不断把山坡摆齐，修枝肥土，把梦想放正

笑声回响。绽放的笑脸像枝上的脐橙，在阳光下

爱。风吹，满山橙红，满山信心，满山豪情

幸福的战栗，溢于言表，溢于脐橙之间

每一个脐橙饱满多汁，把生活紧紧内敛

像抓住梦想一样，紧紧不放

因而每一个脐橙，都在试图搬动

独自撑开这无边的夜色，和万籁之静

像某个人情愫，你若不来，我

不敢轻易睡去

立夏

白杨已成荫。草木皆成繁茂之状

许多鸟鸣空于呐喊。引来一场风暴

石板凳烫了，我不敢放下屁股

蜻蜓蝴蝶远远望着，也不敢

水管像蛇游走草地，打湿不了太阳

那就滋润微小的心吧

我奔走于春夏，似乎只用了一套行头

拿走身体多余的热，还没做好准备

像诗，抹了一把汗，断然

换行